천년의 시 0139

건빵에 난 두 구멍

천년의시 0139

건빵에 난 두 구멍

1판 1쇄 펴낸날 2022년 10월 7일
지은이 이기종
펴낸이 이재무
기획위원 김춘식, 유성호, 이형권, 임지연, 홍용희
책임편집 박찬세
편집디자인 민성돈
펴낸곳 (주)천년의시작
등록번호 제301-2012-033호
등록일자 2006년 1월 10일
주소 (03132) 서울시 종로구 삼일대로32길 36 운현신화타워 502호
전화 02-723-8668
팩스 02-723-8630
블로그 blog.naver.com/poemsijak
이메일 poemsijak@hanmail.net

이기종 ⓒ, 2022, printed in Seoul, Korea

ISBN 978-89-6021-666-2
     978-89-6021-105-6 04810(세트)

값 10,000원

건빵에 난 두 구멍

이 기 종   시 집

천년의
시 작

시인의 말

　누가 뭐라 해도 시는 나를 알아줬고 대접해 줬습니다. 늦은 나이에 이르러 첫 시집을 낼 때까지 변함없이 기다려 준 시詩라는, 내 따뜻한 친구여 고맙다. 사랑한다.

　첫 시집을 보내 드릴 분들을 손꼽아 봅니다. 자식의 시를 눈 비비며 읽으시는 나의 첫째 독자 노모에게, 군에 간 자식이 시를 쓰도록 원고지 뒷면에다 안부 편지를 써 보내 주셨던 아버지께, 고 1 시절 내 시의 스승이 되셨던 작문 선생님(임윤자), 물리 선생님(김진성)께 첫 시집을 올려 드립니다. 시는 무기보다 강했고 강합니다. 군대 화장실에서 몰래 수첩을 꺼내 시를 썼던 시절, 신문에 난 내 시를 기뻐하며 병사들 앞에서 낭독하게 했던 인텔리 중대장에게, 군인이 정치에 관여할 수 없다고 설파하던 의로웠던 중대장에게 첫 시집을 올립니다. 지금은 어디에서 살고 있는지 나의 진심어린 그 독자에게 첫 시집을 올려 드립니다. 나에게 시인이라는 이름표를 붙여 주신 분들께 첫 시집을 올려 드립니다. 내 부족함 때문에 내게 시라는 평생 교사를 붙여 주신 그분께 마침내 첫 시집을 올려 드립니다.

2022. 9.

이기종

차 례

시인의 말

제1부 몽돌 소리

제1부 몽돌 소리

G선상의 아리아
―노동환 연주자에게

산책 길 옆에 섰습니다

향기를 품은 꽃송이는
기우는 쪽을 안다지요

넘어질 듯 기운
구절초 한 포기가
내 곁으로 향기를 전합니다

어제 보았던
연주자도 그랬습니다
기타를 45도로 기울여 안고
여섯 줄을 누르고 튕기며
바흐의 〈G선상의 아리아〉를
내려앉히고 있었습니다

꽃 한가운데 노오란 저곳,
나비가 머물다 간 꽃술 위로
고운 바람이 내려앉습니다
내 눈길이 머문 저곳이

음색音色을 입어
샛노래지고 있습니다

활짝 핀 꽃은
노래를 퍼뜨릴 길 쪽으로
기운다지요

개털 오버

사춘기 때 멋모르고
이호철의 소설 『소시민小市民』을 읽던 중
"개털 오버"란 단어를 발견하고서
친구와 함께 웃어 대던 일이 있었다
소설을 읽던 긴 겨울방학 동안
나는 어느덧 "개털 오버"를 입고 있었다

몹시도 추운 날이면
"개털 오버"가 생각난다
6·25 전쟁을 겪으며 원산에서
남쪽 끄트머리 부산 완월동으로 피난하여
텁수룩한 부두 노동자로
국숫집 일꾼 등으로 전전하며
작가 수업을 받았던 시린 흔적들이,
틈틈이 수첩을 꺼내 노어露語를 쓰던 자투리 시간들이
저 "개털 오버"에 간직돼 있으리
『소시민小市民』을 다시 펴 읽고 싶다

삼중당에서 나온 소설집 『소시민小市民』에는
표제지 다음 장에

이호철 작가의 컬러 사진이 떡허니 박혀 있었다
단비 내리는 날
어깨에 우산을 걸치고 산책을 나온 사진이었다
이 작가의 전성기 때 사진이 아닐까
『소시민小市民』을 감싸고 있던
그의 포근한 미소를 다시 만나 보고 싶다

"개틸 오버" 하면 곧 이호철
이호철 하면 곧 『소시민小市民』으로 통했던
그 시절이 나에게 있었고
친구와 내가 그 등식에 얽혀 있다는 것이 좋다
성탄절을 이틀 앞둔 오늘
이 작품이 나와 얽혀 있음이 좋다

작문 선생님

진안 안천 시골에서 보낸 고교 1학년 봄 학기 작문 시간에
교단에 오르는 선생님 손에는 커다란 출석부와 신구문화사에
서 나온 『표준작문』이라는 교과서 그리고 표지에 하얀 옷을
입힌 이야기책이 끼여 있었네 첫 발령을 받은 여선생님이 편
이야기책들, 김유정, 나도향, 강신재, 오 헨리…… 그들의
작품을 낭랑한 목소리로 읽어 주시던 그 즐거운 작문 시간이
긴 월요일 수업이 끝나고 청소가 끝나고 종례가 끝나고 집으
로 돌아가는 길, 학교에서 멀어질수록 선생님의 목소리가 자
꾸만 뒤따라오고 있었네 멈춰서 뒤돌아보면 텅 빈 길, 산기
슭에 진달래꽃만 방긋방긋 웃고 있었네

책상 밑 금서禁書

　수업 시간에 책상 밑으로 금서禁書를 숨겨 읽다 보면 자주 표지가 덮여 책상 밑을 긁는 소리가 났다 반양장본半洋裝本 『채털리 부인의 사랑』도 그랬다 한 쪽을 넘겨 읽으면 더 숨죽여야 하는 한 쪽이 기다리고 있었다 책장 넘기는 소리에 침 넘기는 소리를 감추며 또 한 장을 넘길 때 표지가 덮이지 않도록 꼭 쥔 손이 풀려 후루룩…… 책상 밑 독서는 끝났다 물리 선생님은 이 수상한 독서를 발견하고도 남았다 그러나 물리 선생님에게 『채털리 부인의 사랑』을 들킨 것이 다행한 일이었다 정학停學이라도 당하지 않을까 식은땀을 흘리던 내게 선생님이 『채털리 부인의 사랑』을 해설해 줄 수 있는 독서가이었던 것이 정말 다행한 일이었다 그러나 선생님 대신 『채털리 부인의 사랑』이 내 뺨을 벌겋게 때렸다

오수 시간午睡時間과 폴 모리아*

식지 말라고 교과서 틈새에 꼬옥 끼워 놓았던
도시락은 벌써 썰렁해지고 점심시간을 알리는
음악 소리가 울리자마자 모두들 달그락달그락
도시락 뚜껑을 열고 점심을 먹기 시작했다
그때 학교에서는
허기를 채운 학생들에게 몰려드는
졸음을 방지해 보려고 묘책을 냈다
도시락을 먹은 후에는 모두 30분간
책상 위에 이마를 얹고 엎디어 눈을 붙이라는 것이었다
하지만 이 오수 시간이 되레 나를 잠 못 들게 했다
그 시간이 내게 폴 모리아를 알게 해 줬기 때문이다
동급생 디제이가 방송실에서
턴테이블 레코드판 위에 바늘을 올려놓으면
5초 정도 스피커에서 지글거리는 소리가 흘러나왔다
그게 잠을 청해 보라는 신호였다
잠시 후에,

〈위대한 사랑〉〈러브 이즈 블루〉〈나자리노〉

이런 곡들이 쟁쟁거리며 흘러나와 눌린

가슴을 덥혔다 식히며 졸음을 다 빼앗았다
나는 팔뚝 위에 얹은 머리를 좌우로 돌려 가며
양 귀를 열어 오묘한 오케스트라 연주를 즐겼다
여러 곡들이 흐른 순서를 기억하지 못하지만
분명 〈위대한 사랑〉은
내 마음을 두드려 여는 장중한 서곡이었다
이 곡을 들으며 창밖을 볼 때
김제 만경 넓은 들판 위로 날던 비행기가
바이올린 활처럼 내 가슴에 획을 그으며
먼 하늘로 사라지곤 했다
때때로 교실 창가에 앉은 참새가
피아노 건반을 두드리듯 폴싹거리면서 나를 쳐다보다
눈이 마주치면 얼른 사라지곤 했다
연일 가곡을 들려주던 디제이가
어느 날 폴 모리아 연주곡을 다시 골랐다

〈이사도라〉〈소녀의 기도〉〈로망스〉〈버터플라이〉〈에게
해의 진주〉

한 곡에서 한 곡으로 넘어가는 고요한 순간에

아 나는 아무도 모르게 한 이름을 불렀다
많은 급우들 중에서 자꾸만 혼자가 되어 가던
잠든 체하며 말똥말똥 깨어 있었던
그 오수 시간이 그립다
까까머리 뒤통수 위에 나비가 내려앉듯 머물러 있었던
그 음률 섞인 바람이 그립다

＊ 폴 모리아 Paul Mauriat(1925~2006): 프랑스 마르세유 출생의 작곡가, 지
휘자, 피아니스트.

훈련소의 포플러나무

우리들의 목소리를
하늘 높이 감아올리던
훈련소의 포플러나무들
겨울 하늘을 찌르고 있었지
곧고 날씬한 맨몸 곁에서
익어 가던 전우애

포플러나무밭에서 휴식하던
우리들의 차가운 손끝에는
흰 눈송이에 젖어 들던 담배가 있었고
포플러의 굵은 맨몸에 기대어 듣던
까치 소리 시린 귀를 밝혔지

그 나목裸木들도 이제는
푸른 잎을 달겠지
봄이 오면 달려가 보고픈
그 나무들

몽돌 소리

차르르 처르르
처르르 차르르

하도 반복하여 돌 날이 없어졌다

서로 긁다가 긁히다가
서로 끌어안는 소리
얼싸 부둥켜안고
먼 곳까지 다녀온 소리

함께 달려가 들판을 적시다가
함께 돌아와 수평선에 잦아드는 소리

나를 먼 곳까지 미끄러뜨리는 소리

『먼 바다』를 샀던 날

홍지서림弘志書林에서
시집『먼 바다』를 샀던 날
나는 눈물 많은 한 시인과 함께
우산 속에 갇혔다

굵은 빗방울이
장고杖鼓를 두드리듯
우산을 두들기던 날
나는 흩어졌던 그의 시들을
모아 읽을 기쁨으로
등이 젖는 줄 몰랐다

시집을 낀 겨드랑이 쪽으로
자꾸만 우산이 기울어지던 그날
나와 박용래는
풍년제과점 차양 밑에 서서
소나기가 어서 지나가길
기다리고 있었다

기타를 위한 간주곡

함박눈이 내리는 날에는
음악을 들으며
겨울 나그네가 되어도 좋으리

기타리스트 노동환, 노진환이
1987년에 낸 첫 앨범 세 번째 곡,
〈기타를 위한 간주곡〉이 흐르고 있다

눈을 이며 팽팽해진 나뭇가지 사이로
눈송이들이 간주곡처럼 흩어져 내리고 있다
내 얼굴에 부딪쳐 녹아내리던 눈송이들처럼
내 얼굴을 간지럽히며 흘러내리던 눈물처럼
함박눈이 기타 소리를 따라 내리고 있다

……
……
〈Love is Blue〉
〈Sunflower〉

음반이 한 곡 한 곡 추억을 풀어내며

마지막 곡을 향해 돌고 있다

오늘 내게 주어진 음악 시간 속
마지막 곡은 〈해바라기〉
열네 곡이 다 흘러가는 동안 웃으며
나를 기다리고 있는 〈해바라기〉

이 한 장의 명반明盤도
내 아름다운 피날레를 향해 돌고 있다

솟아오르는 태양을 향해
얼굴을 들기 시작하는 해바라기처럼
내 마음이 활짝 피어나길 바라며
음반이 돌고 있다

인쇄소 골목에서

꽁꽁 얼어붙은
인쇄소 골목길을 빠져나오며 들었던
인쇄공의 기침 소리
인쇄기가 얼어붙을까 봐
마음 조아리며
작은 난로처럼 자기 체온을 고스란히
인쇄기에 전해 주다 그만 내뱉은
그 기침 소리
골목길을 빠져나올 때까지 멈추지 않던
그 따뜻한 기침 소리

풀벌레 소리

풀잎에 내려앉은 이슬을 누가 굴립니까

이슬 한 방울 한 방울을 머금어
땅을 적시는 이가 누구입니까

아침 햇살을 불러와 가녀린 잎들을
일으켜 세우는 이가 누구입니까

이 가녀린 잎들을 누가 연주합니까

그라나도스의 콧수염

18세기와 19세기에 걸쳐 풍미風靡하던
스페인 음악가 그라나도스,
그라나도스 하면 무엇보다도 먼저
그의 무성茂盛한 콧수염이 떠오른다
고야의 그림에 매료되었던
그 뜨거운 예술혼이
저 숲에서 흘러나올 것만 같다
마드리드광장 투우사의 열정이
저 숲에 숨어 있을 것만 같다
아 내게 눈물을 자아내던 〈로망스〉의 선율도
저 숲에 간직되어 있으리

제2부 팽팽한 궁리들

오줌보 축구공

내 어릴 적 축구공은
학교 잘 다녀왔냐고 꼬리를 흔들던
꿀꿀이가 죽으며 내어 준
오줌보 축구공

오줌보 끝에
마른 저릅때기*를 끼워 입에 물고
후후 불어 대면 풍선처럼 만들어지던
오줌보 축구공

음지담 양지담 두 편을
꿀꿀거리며 굴렀네
퍽 퍽
친구들 뺨을 때리기도 했네

골키퍼 친구가 끌어안고 넘어져도,
발길질에 차여도
해가 저물도록 터지지 않던
오줌보 축구공

* 저릅때기: 삼대의 방언.

벼까락*

불볕 하늘도
벼까락이 자람을 보고
구름 장막을 편다

소리 없던 하늘도
벼까락에 찔려야
천둥을 친다

* 벼까락: 벼의 낟알 끝에 달려 있는 수염.

이 알밤은 다람쥐의 것이다

내 발자국 소리에
놀란 다람쥐가
입에 물고 있던 알밤을
숲길에 떨어뜨리고 달아났다

다람쥐의 체온이 묻은 알밤을
내 것처럼 쥐어 본다

제 이빨 자국도 내지 못한 채 달아난
숨이 찼을 다람쥐야

이 알밤은 네 것이다

팽팽한 궁리들

눈을 인 가지들이
팽팽해지고
마른 잎 밑으로 숨어든 새들은
날아갈 궁리로 끄떡거렸다

길바닥에 뒹구는 노끈 하나도
처음과 끝을 짚어 줄 때
구겨진 몸을 풀었다

꺾어진 풀 줄기를 바로 세워 줄 때
멍울 풀리는 소리가 들렸다

헝클어진 실 한 가닥을 늘여 펼 때
패앵
소리가 났다

눈보라 일어 처마 밑으로
새들이 날아드는 저녁

기타 줄은

저들의 소리를 찾아 함께 떨고

명치끝 울림통엔

눈물 젖은 음계들이 가득했다

손가락질

묵밭 가에
방울만 한 호박이 여럿 맺혔다
산책을 하던 사람들이
어린것을 가리키며
서로 웃음꽃을 피우자
동네 할머니는
호박이 곯는다고
손가락질하지 말라고 한다
호박잎이 들바람을 맞아
어린것을 감싸다 놓치자
혀를 차며 하시는 말
저것이 언제 클까
금쪽같은 내 새끼

길 가운데 사람

길 가운데로 걸어 들어
먼 곳만을 보려는 사람은
고개가 뻣뻣해서
길가 쪽으로는
발목을 꺾지 않는다

텅 빈 손을 마냥 움켜쥐고
길 가운데로만 걷는 사람은
꽃잎 하나도 만져 볼 수 없다

앞뒤로 사람을 쫓으며
길 가운데로만 걷는 사람은
낮은 풀 한 포기와도 발맞출 수 없다

길 가운데를 점령하고 있는
그 사람은 절대로
길 가운데를 내주지 않는다

곳간 씨감자

한 뼘 볕에도
시퍼렇게 멍이 드네

문틈 바람에도
서로 몸 비벼 싹눈 뜨네

더 두면 못 쓰겠네

탐조병探照兵

한 아름의 등에
눈부신 불을 붙여
젊은 동해의
어둠을 가른다

일렁이는 그대 가슴 위로
직진하는 푸른 빛 조명을 따라
밤새껏 병사의 두 눈은 빛난다

가슴을 빈틈없이 메우는
아침 풍경화가
뜨거운 눈길 명멸한 그 자리에
펼쳐질 때까지
금빛 묻어 싱싱하게 반짝이는
그대의 가슴이
안경알에 묻어 올 때까지
닻 내린 어선이 밤이슬을
말리기 시작할 때까지

밤새 그대의 가슴을

역력히 읽고 가는
젊은 친구

복바우 영감

세월아 네월아 오고 가지를 마라
아까운 이내 청춘 다 늙어 간다[*]

해 질 녘이면 주막 담에서
복바우 영감 노랫소리가 살몃살몃 들려왔다
노랫소리가 장안교를 건너면서
안창천 냇물 소리에 잦아들다
동네 앞길을 차고 오르며 더 높아졌다
사람들은 쥐 죽은 듯이
그의 숨 가쁜 노래에 귀를 기울였다
간혹 그 노래에 시끄럽다고 토를 달면
그는 불같이 고함을 쳤다
니들이 내 설움을 아느냐
일제 때 북해도 탄광으로 끌려간
새신랑의 설움을 아느냐
너희 귀에는 신랑 뒤를 졸 졸 졸 따라오던
저 냇물 소리가 들리지도 않더냐
동동거리는 신부의 발소리가 들리지도 않더냐
너희들이 알기나 하느냐
일제 때 남양군도에서 세상을 뜬

43

5촌 당숙 자리에 양자로 들어가
또다시 부모를 떠나야 했던 아픔을
너희들이 알기나 하느냐
장마철이면 우단실 저수지가
가득 찬 물을 토해 내듯
복바우 영감 고함 소리는 안창천을 타고
장안리 식암리 고창리 대소리로 흘러내렸다

• 〈진도아리랑〉 가사 일부 인용.

건빵에 난 두 구멍

건빵은 심심할 때 먹기도 하지만
전쟁 때는 살아남으려고 먹는
비상식량이다
건빵 하나를 입에 넣기 전에도
씹어 반죽할 침이 먼저 고이고
건빵 서너 개를 합한 용량의 들숨이
콧구멍을 적신다

건빵에 난 두 구멍을 유심히 쳐다본다
모래알이 빠져나올 정도로 작은
두 구멍 중에 한 구멍에다 초점을 맞추려고
한쪽 눈을 감으면
내가 들여다볼 수 없었던 한쪽
저 작고 어두운 구멍 속으로도 저절로
내 따스운 콧숨이 흘러든다

내가 초점을 맞춘
뻥 뚫린 구멍 하나에서 눈을 떼지 못하고 있을 때
내 엄지에 눌린 옆 구멍이
내 손끝을 얼마나 간지럽히고 있는가

내 콧구멍 둘은 저 가려진 구멍 하나보다
얼마나 크고 넓은가

건빵이 구워지며 꿈틀꿈틀 숨 쉬었을
저 작고 어두운 구멍 속으로 내 따스운 콧숨을 넣어 줘야
내가 먹을 수 있다

고드름과 햇살

또 옥 똑
언 땅을 두드리며
창槍이라 불러 달라고
재촉하고 있는 너를
아무도 창槍이라 부르지 않는다
또 옥 똑
대못이라고 불러 달라고
재촉하고 있는 너를
아무도 대못이라고 부르지 않는다
바람이 너를
울퉁불퉁하게 만들어도 뾰쪽하게 깎아도
네가 아무리 길쭉해도
네가 아무리 단단해도
너는 언 땅을 뚫을 수 없다
너는 언 땅에 박힐 수 없다
햇살은 다만
너를 녹이고 조롱하며
언 땅에 물줄기를 대고 있을 뿐
그뿐

계곡 해빙기

곤줄박이 직박구리
멧새 쇠딱따구리

언 계곡물이 녹을 때는
부쩍 새소리가 높아 갑니다

새소리에 귀를 연 사람들이
계곡으로 모여듭니다

얼음장 속에 화석처럼 묻혔던
가랑잎들도 잎맥을 드러내며
얼어붙은 돌들에게
작은 물길을 전해 줍니다

얼음장에 박혔던 돌들이
빙 둘러 녹기 시작한 틈새로
맑은 물소리가 새어 납니다
소리는 구멍을 냅니다
구멍들이 점점 물 냄새를 흘으며
콸 콸 콸
계곡을 깨웁니다

진달래꽃

진달래꽃이 활짝 핀 날
도봉산에서 정 씨를 만났다

아이고 ! 아까 전철을 타고 오는데
어떤 할머니가 돌 된 애를 안고 있더라고요
근데 그 애가 참 웃긴 게
여자들이 웃어 주면 잘 웃는데
남자들이 웃어 주면 안 웃어요
하하! 참!
웃는 것도 그냥 웃는 것이 아니라
방긋방긋 웃거든요
하하! 참!

노총각 정 씨가 이야기꽃을 피워
내가 덩달아 웃고
정 씨 등 뒤에서는
진달래꽃이 방긋방긋 웃었다
오르내리는 사람들이
활짝 핀 두 얼굴을 번갈아 쳐다보며
웃고 갔다

제3부 밑줄

소풍날 보물찾기

부장초등학교 교가 첫머리에 나오는
구왕산九王山 자락으로 소풍을 갔었네
소풍날 중에서도 제일 즐거운 것은
보물찾기

산길 들길을 걸어 학교에 오가며
깨금* 머루 다래를 따 먹던 친구들은
쪽지도 금방 찾았네

한 친구는 보리똥나무 밑에서 찾아낸 쪽지로
공책 한 다스를 탔네
한 친구는 바위틈에서 찾아낸 쪽지로
필통을 탔네
쪽지 한 장 찾지 못한 빈손에게도
연필 한 다스를 얹어 주시려고
선생님이 노래를 시켰네
〈섬집 아이〉를 불렀네

* 깨금: '개암'의 방언.

보리밭

나른한 땅에 숨통을 터놓는
아버지의 쟁기질 곁에서
신록의 바람 친구하며
익어 가는 오월 이삭아
아버지는 작년 늦가을
한 해의 쟁기질을
여기서 마치시고
또다시 한 해의 꿈을 심으셨지

이제는 초하初夏의 들에서
아버지 팔 안으로 돌아올
질긴 꿈의 청보리야
너에게서는 아버지의 땀 내음이 난다

밑줄

늘 반은 곱아 있는
어머니의 오른손 집게손가락 끝이
성경 구절 밑에 머물 때마다
손등 혈관이 붉어진다
손끝으로 더
밑줄을 그어 가지 못할 때는
집게손가락을 아프게 접는다
다시 답답한 주먹이다
어머니가 아직 덮지 못한
성경 책 위에 두 손을 얹고
눈 감으면
읽다 만 구절을 떠올리고 있는 듯
곱은 집게손가락이
연신 꿈틀거린다

구멍 난 양말

신발 안에서,
무거운 뒤꿈치가 양말에 구멍을 내도,
답답한 엄지발가락이 양말을 찢어도
길은 내 땀 한 방울 받아먹지 않고
내 시린 발자국 소리만
또박또박 받아먹었네

앞꿈치 시려
뒤꿈치 시려
집에 왔네

구멍 둘을
엄니에게 들켰네

그 양말 벗어 이리 다오

옥도정기

내가 느* 아버지를
미워하지 않으려고 해도
자꾸 미워진다
세상에 돌도 안 지난 애한테서
젖을 떼려고 하다니
배고픈 막내가 품에 안겼다가도
빨간 옥도정기가 발린 젖꼭지를 보고는
무서워 금방 고개를 돌렸지
젖이 불어 풍선 같아도 젖을 못 먹였네
밥알을 으깨어 먹여도 먹여도
엄니 젖밖에 모르는 애는
삼키질 못해
지금 생각하면 젖을 배불리 못 먹은
키 작은 막내가 불쌍해
막내가 배고파 보채면
멍울 잡힌 젖이 아리고 가슴이 아파
느 아버지가 밖에 나간 새에
젖꼭지에 발린 옥도정기를
후딱 닦아 내고 젖을 물리니
애가 쓴 맛을 다시며 진저리를 친 뒤

벌컥 벌컥 젖을 넘기니
내가 살 것 같데
젖 먹는 애와 눈을 맞추니
반쪽 같던 얼굴이
꽃송이처럼 피어나데
세상에
자식을 더 두려고 그 짓을 했던
느 아버지를 미워하지 않으려고 해도
미워할 수밖에 없더구나

* 느: 너희의 방언.

첫서리 내리고 사흘이 지나도록

호박씨 묻던 밭두렁을 떠나지 못하시는 어머니

집으로 돌아올 자식들 눈에 띄도록
가으내
누우런 호박 한 덩이로 밭두렁에 앉으셨네
첫서리 내리고 사흘이 지나도록
거기 계시네

자식들 올 때까지 거두지 않으신 늙은 호박

움푹한 꼭지 둘레에 고였던 가을비 한 종지가
깊은 골을 타고 흐르다 말라
허연 꽃으로 피었네

에델바이스

밤새
별과 마주하던 얼굴에
보얀 솜털이 돋았어요
낮이 다 가도록
차가운 산등성이에서
흔들리며
흔들리며
제 별을 그리고 있어요

새끼들에게

딱새가 꽁지를 흔들 때마다
부리에 물린 벌레가 흔들리고 있다
드센 바람이 딱새의 깃을 들썩이자
딱새가 까부르던 꽁지를 모으며
가지를 박차고 있다
새끼들의 소리가 실려 오고 있다
둥지 밖으로 고개를 쳐들어 숲을 머금고 있을
푸르뎅뎅한 내 새끼들아

손바닥 울을 두른다

흰 접시 위로 촛대를 기울여
불꽃 송이가 떨어뜨리는
뜨거운 눈물을 받는다
나를 바로 세워 굳힐
세미細微한 소리를 받는다

드센 바람에
저 불 꺼질 듯 흔들릴 때면
손바닥 울을 두른다

투명한 기름을 먹은 심지가
톡톡 타들며
불꽃이 활짝 피어나도록,
불똥 튀는 소리가 울려 나며
어두움이 물러가도록
열 손가락 둥글게 오므려
손바닥 울을 두른다

냇가 백일홍

물살에 아롱지는
흐릿한 너를 보려고
눈 비비고 있는
내가 보인다

일그러진 네 얼굴이
바로 비칠 때까지

언덕에 쪼그려 앉아
너와 키를 맞추고 있는
내가 보인다

저기 형형한 너를 보다
얼굴 붉어진
내가 보인다

메타세쿼이아에 기대어

내가 알지 못했던 저 나무가
나를 기다리다
아름드리가 되었습니다

길옆에서 오오랜 동안
나를 기다리던 저 나무가
불거진 뿌리로
내 발걸음을 멈추게 했습니다

기다란 그림자를 드리우던 저 나무가
자신을 밟고 가는
한 사람을 불러 세웠습니다

하늘로만 커 가던 나무에게도
한 사람과 함께
등을 기대고 싶을 때가 있습니다

석동石童[＊]

그는 돌을 좋아한다
길을 가다
짚고 갈 돌이 있다면
허리 숙여 돌결을 만져 본다
깨진 돌을 만나면
동그란 눈길로
거친 결을 다듬는다
때때로 돌 정수리에
빛이 머물 때는
하늘로 추켜올린 모자 차양을
눈썹에 닿도록 푸욱 내려앉히며
정수리를 주시한다
그러곤 한 걸음씩 다가가
해가 덥힌 따사로운 정수리를
가만히 만져 본다

＊ 석동石童: 박이도 시인의 호.

손길

볼에 스치는
코스모스 하얀 꽃잎이
누구의 손길 같다
꽃잎에 난 잔주름을 쓰다듬던
이슬처럼 차분하고 부드러운 손길

꽃길을 벗어날 때까지
내내 남아 있는 손길

그 향기 묻은 얼굴로
푸른 하늘의 솜털 구름을 읽는
따사로운 가을날

무일푼

가뭄 든 땅을 깨우는 눈 소식을 듣고
밖으로 나왔습니다

눈송이를 받아 보려고 두 손을 내밀었더니
하늘이 눈송이를 헤치고 나를 쳐다보는 듯
눈발이 흩어지고 갈라집니다

함박눈을 보며 문득
그대에게 선물할 일이 떠올라도
지금 나는
호주머니 속에 찬 손을 넣어 덥히고 있는 무일푼,
먼 그대에게 나아갈 노자路資가 떨어진 무일푼

산수유 나뭇가지에 터질 듯 맺힌 꽃눈이
눈송이를 비집고 나를 쳐다봅니다

마른 땅에 눈이 쌓여 갑니다
눈 한 송이 한 송이가 끊임없이
내게 몸을 내어 주고 있습니다

그대가 있는 쪽으로

발걸음 소리를 내어 보라고

자꾸만 함박눈이 쌓여 갑니다

제4부 뜸

국수

한 움큼 뽑아 쥔 국숫발이
내 한 끼 분량이어도 좋다
펄펄 끓는 물속에 잠겨
배고픈 나를
맘껏 휘감아 주렴

어느 볕 좋은 국숫집 마당에서
버들가지처럼 척척 늘어져
바람과 함께 실컷 춤추던
그날처럼

오늘
뚝뚝 부러질 것 같은 네가
내게 펄펄 몸 푸는 것을
보고 싶다

변비

더 주저앉아 있어야 할지
그만 일어서야 할지 잘 모르며
뒷간에서 나오지 못하고 있을 때

벌건 아궁이 앞에 앉은 엄니가
삭정이를 부러뜨려
불길 속으로 던져 넣는 소리가 들렸다
막막한 내 귀를 깨우는 저 소리 들려온 뒤에
마침내 안도의 미소가 질펀하게 묻은
한 무더기 꽃을 보았다

내가 항상 저 꽃 위에 있다고 생각하며
눈 감고 코 막았다

찢기는 아픔 끝에서야
고개 숙여 볼 수 있는 꽃
나를 다시 일으켜 세운
저 한 무더기 꽃을
뭉개지 않으며 내처 살 것이다

둥근 잎 유홍초留紅草

도봉산 산악박물관 옆길을 오르다
넓은 풀잎 사이에서 흔들리고 있는
새끼손톱만 한 꽃을 보았다
다가섰더니 내 숨결을 알고
온몸을 흔들어 화답한다
나와 숨결을 나누잖다
이 작은 꽃 앞에 무릎을 꿇고
골똘히 쳐다보다 사진을 찍다 일어나
사람들에게 꽃 이름을 물었으나
아는 이 없어 산악박물관 대문을 열었다
여직원에게 꽃 이름을 물었더니
둥근잎유홍초라고 이름을 적어 줬다
쪽지를 쥐고 대문을 나설 때
울타리에 바짝 붙어 있던 그 꽃이
언덕길을 차고 오르는 바람을 맞아
얼굴을 흔든다
그 이름을 알고 보니
그 얼굴이 더 붉어 보인다
작은 얼굴이 더 가까워 보인다
지 작은 흔들림을 따라

심호흡을 하며 산 중턱을 본다
오늘 내 발걸음이
저 험한 산허리를 꿸 수 있으리

뜸

잔뜩 달구어진 밥솥이
뚜껑을 들썩이며
뜨거운 숨을 내뱉으면
불길을 낮춰
마저 익혀야 할 때

들뜬 뚜껑을 내려앉혀
저들이 속속들이 익어 가는
구수한 냄새를 맡으며
잠잠히 기다리라고

불길 낮춘 내게
밥솥이 눈물 흘려
말하는 시간

걸림돌

여럿을 걸어 넘어뜨렸을 거야 오르막길이 심히 흔들렸을 거야 때로는 되차이고 되밟혀 가며 피멍이 든 무릎들을 일으켜 세웠을 거야 툴툴 털고 일어서 간 사람들의 방향으로 차츰 뽑히고 있는 산길의 돌부리 하나 흙을 입지 못해 맨송맨송하다

잎갈이

바람 부는 날
소나무 밑을 지날 때는
마른 솔잎에 눈 찔리지 않도록
눈 꼭 감아야겠다
새잎이 마른 잎을 놓아 주도록
고개 숙여야겠다

답장

직박구리가 우짖으며
산수유 꽃망울을 쪼아 대는 것을 보니
그가 내 편지를 받아 보았겠네

직박구리에게 휘어 잡힌 가지가
흔들리고 있는 것을 보니,
답장이 오겠네

춤추는 가지 아래
내가 섰으니
곧 답장이 오겠네

쪽지

병실을 비운 사이
같은 방에 있던 환우가
쪽지를 놓고 갔다

"먼저 퇴원합니다
쾌차하세요"

잉크가 마른 볼펜으로
북북 원을 그리다가
간신히 잉크를 내려 받아
꾹꾹 눌러썼다

쪽지를 뒤집어
그의 마음을 더듬는다
손끝이 가렵다

펜을 쥐고 싶다

무른 결

들마루 바닥에
고개를 쳐든 못들
저들에게 망치질을 하는 것이
꼭 징검다리를 건너는 것 같다
치면 쩍 갈라지고야 말,
돌 같은 나뭇결을 빗겨 간
그 마음이
얼음판을 딛듯 하였겠지
쪼개지 않으려고
쩍, 금을 내지 않으려고
못 끝으로 무른 결을 골라
꾹 짚으며 숨을 죽였을 테지
망치질에 굽히지 않으며
떵떵거리다 멈춘
둔탁한 음표들이
송판의 무른 결에
꼬옥 안겨 있다

감꼭지

푸른 얼굴 뒤쪽으로
감추고 있던 꼭지를
붉힌 얼굴 숙여 보여 준다
무성한 잎들 때문에
꼭지가 잘 보이지 않을 때는
떫더니 떫기만 하더니
무성한 잎들 져
꼭지가 잘 보일 때는
달다 달콤하다
꼭지가
돌같이 단단한 땡감을
대롱대롱 가눌 때는
떨어질 리 있을까 했지만
이제는 물컹한 홍시가
떨어질까 조마조마하다

빈자리

가게 주인은 어디에 갔을까

의자 팔걸이에 읽던 책을 걸쳐 놓고
어디에 갔을까

이야기가 푹신하게 내려앉은
평퍼짐한 빈자리를
물끄러미 쳐다본다

읽다 만 이야기를 떠올리며
가게로 돌아오고 있을
미소 띤 얼굴을 그려 본다

멀리 가셨군요
당신을 기다리다 갑니다

팔걸이에 걸쳐질 만큼
두툼해진 반쪽이
나머지 반쪽으로 이어져
완독完讀하는 기쁨이 있기를

뒤표지를 덮어

오른손 바닥을 얹는 날

차 마시러 오겠습니다

나머지 한 톨

알밤 두 톨은
땅에 굴러 줍기 쉬었으나
밤송이 속에는 아직도
네가 꺼내지 못한
한 톨이 있다고
두 톨을 감싸느라
밀려나 쭉정이가 된
나머지 한 톨이 있다고
쭉정이를 비우지 못한 밤송이가
푸시시 웃고 있다

해 설

극순수 서정과 기미機微의 형상 미학

조명제(시인, 문학평론가)

1

이기종 시인의 첫 시집 원고를 받아 읽고 깜짝 놀랐다.

천안대학교(현, 백석대학교) 기독교예술대학원에서 만난 인
연으로 그가 부탁해 온 시집 해설에 대해 특별한 생각을 하
지 않았다. 그러니까 세월이 한참 지난 몇 년 전, 『창조문
예』로 등단한 이후에 그는 그동안의 내 연락처를 잊지 않고
기억하여 등단과 작품 활동 소식을 전해 왔었다. 그러고는
정식 등단이 늦어진 만큼 시집을 서둘러 낼 계획이라는 말
도 덧붙였다. 나는 열의에 찬 그를 격려하고, 그에게 시를
청탁하여 문학지에 더러 발표하게 해 주었다. 내가 그의 시
를 본 것은, 그런 때의 시편을 조금 본 것이 전부였다. 그

는 목회자의 길을 걷고 있지만, 일찍이 군 복무 시절《전우신문》에 시를 출품하여 실린 이력을 말한 적이 있어서, 시 문학에 관한 꿈은 소년 시절부터 싹틔워 왔겠다는 사실도 감지하고 있었다.

들은 바로, 이기종 시인은 전북의 오지奧地 무주군 부남면에서 교육자의 아들로 태어났다. 그의 아버지는 무주 읍내와 부남면, 설천면 등에서 젊은 교사 시절을 보내고, 전주에서 명예 교장으로 퇴직하였다. 설천면雪天面은 내가 꿈에서라도 가 보고 싶은 고장 중의 한 곳이다. 덕유산 북쪽 자락 아래의 설천은 지명 그대로 겨울 눈발이 가장 한국적인 풍경을 이루는 고즈넉하고 고독한 곳이다. 덕유산 서북쪽의 부남면과 설천에서 유년기를 보낸 이기종의 뇌리에는 그 쓸쓸하고 한적한 고향의 풍경과 눈발 같은 삶의 결이 녹아들지 않을 수 없었을 터이다. 그는 그렇게 소년 문학도가 되어 갔던 것이 아닌가 싶다.

금년 초에 그가 재차 연락을 해 오며, 대학원에서 시에 대한 관심을 조용히 드러내며 나의 시 창작론 등의 강의를 듣고, 대다수의 여 수강생(여교사)들 사이에서 부대낌 없이 원만히 지냈을 뿐만 아니라, 하남시 망월동의 박순관 수레질 도예가의 공방 '거칠뫼'에 견학을 갔을 때의 시낭송회 장면들을 찍어 편집했었다며, 그 당시의 동영상 파일을 보내 주기도 하였다. 조용한 성격의 사람이지만 그는 실로 작은 일까지 기록하고 챙기는 면밀한 시인이었다.

푸른 얼굴 뒤쪽으로

감추고 있던 꼭지를

붉힌 얼굴 숙여 보여 준다

무성한 잎들 때문에

꼭지가 잘 보이지 않을 때는

떫더니 떫기만 하더니

무성한 잎들 져

꼭지가 잘 보일 때는

달다 달콤하다

꼭지가

돌같이 단단한 땡감을

대롱대롱 가눌 때는

떨어질 리 있을까 했지만

이제는 물컹한 홍시가

떨어질까 조마조마하다

—「감꼭지」 전문

감꽃이 지고 열매가 맺어 알이 굵어 갈 때, 감은 초록색
으로 떫디떫다. 그것이 가을을 맞으며 주황색으로 익어 갈
때에는 단맛이 들기 시작하고, 홍시가 되면 꿀처럼 단맛으
로 변한다. 이 같은 사실적 이치를 이기종 시인은 감칠맛 나
는 시로 만들어 보여 준다. 그의 세심한 관찰과 치밀한 표

현은, 남들이 보기엔 지극히 평범하거나 무심한 것들의 기미機微의 현상, 혹은 현상의 이면裏面을 기민하게 포착하여 형상화하여 낸 데 놀라움이 있다.

그는 감이 커지고 익어 가는 과정을 간접화법처럼 "감꼭지"의 변화하는 모양새로 예리하게 압축해 보여 준다. 푸른 땡감일 때의 감꼭지는 무성한 잎들에 가려 보이지도 않는다. 그럴 때의 땡감은 떫기만 하여 사람이나 날짐승으로부터 손 탈 일도 없다. 가을을 맞아 무성하던 잎들이 지고, 감꼭지가 잘 보일 때쯤이면 감은 주황색으로 익어 가며 단맛을 내기 시작하고, 홍시가 되면 그토록 떫던 맛은 감쪽같이 사라지고 깊은 단맛으로 변한다.

과일 꼭지의 힘은 대단하다. 작거나 가늘어 보여도 꼭지는 웬만한 태풍에도 끄떡없다. 시인은 우리가 무심코 스치고 지나가 버리는 감의 성숙과 꼭지의 상관관계를 미묘한 눈치로 보살펴 한 편의 독특한 시로 관철해 낸 것이다.

2

이기종 시의 일차적 특색은 사물 혹은 어떤 현상의 기미나 틈새, 아니면 그 이면의 미세한 작용의 야무진 형상화에 있다. 시인은 우리가 예사로이 여기거나 무심히 지나치는 사물의 현상을 면밀히 포착하여 단순, 정밀하게 그

려 낸다. 우선 짧은 시편들에서 그 같은 특색을 여실히 확
인할 수 있다.

불볕 하늘도

벼까락이 자람을 보고

구름 장막을 편다

소리 없던 하늘도

벼까락에 찔려야

천둥을 친다

　　　　　　　　　　　　　　　　—「벼까락」 전문

바람 부는 날

소나무 밑을 지날 때는

마른 솔잎에 눈 찔리지 않도록

눈 꼭 감아야겠다

새잎이 마른 잎을 놓아 주도록

고개 숙여야겠다

　　　　　　　　　　　　　　　　—「잎갈이」 전문

　시 텍스트 「벼까락」을 보면, 도대체 이 시인은 사물의 어
떤 곳까지 스며들 작정인가 싶은 생각이 든다. "벼까락"은

벼의 낟알 끝에 달려 있는 수염이라고 주석을 달아 놓았다. 이희승 국어대사전에도 나오지 않는 벼까락은 농촌에서 성장한 사람들만이 짐작이 갈 만한 미미한 사물이다. 잔털 같은 벼까락은 벼가 알이 찰 무렵부터 성장하고, 누르스름 익어 갈 무렵이 되면 까끌하여 찔리기 십상이다. 아마도 자신을 보호하기 위한 생태적 장치일 것이다. 시인은 그 같은 현상을 계절적 기후와 결속하여 완벽한 단시短詩로 갈무리하였다.

「잎갈이」는 또 어떠한가. 바람 센 날 소나무 밑을 지날 때, 떨어지는, 솔가지들의 바늘 같은 마른 솔잎에 눈이 찔릴 수도 있다. 그런 현상을 시인은 우회적 관점의 감각적 정서로 표현한 것이다. 그리고 마침내 "새잎이 마른 잎을 놓아 주도록/ 고개 숙여야겠다"는 중층적 압축 미학의 한 결정結晶을 보여 준다. 상록 침엽수인 소나무는 새잎이 자라면서 묵어 마른 잎들을 떨쳐 낸다. 소나무의 낙엽 방식이다. 그 경건한 생명의 순환 원리에 고개 숙일 만하지 않은가. 실제로는 무엇보다 낙엽 지는 마른 침엽針葉에 눈 찔리지 않아야 할 일일 테니까 말이다. 이기종 시의 절제된 압축적 중층 미학의 장기는 그 틈새에 여백 혹은 여운의 자리를 마련해 둔다는 점이다. 그 같은 특성은 「곳간 씨감자」 "한 뼘 볕에도/ 시퍼렇게 멍이 드네// 문득 바람에도/ 서로 몸 비벼 싹눈 뜨네// 더 두면 못 쓰겠네"에서도 절묘하게 구현된다. 행간과 여운 사이에서 시행 "더 두면 못 쓰겠네"의 중층적 의미는 시적 격조의 완결로 작용한다.

　이기종 시인은 군 복무 시절《전우신문》에 발표했던 시 3편을 이번 첫 시집에 실었다. 1985년 봄부터 여름까지 간간이 발표한「훈련소의 포플러나무」「보리밭」「탐조병探照兵」 등이 그 작품들인데, 이를 보면 이미 그는 병영 생활의 젊은 시절, 시작詩作의 기초를 든든히 터득하고 있었음을 알 수 있다.

　　①

　　포플러나무밭에서 휴식하던

　　우리들의 차가운 손끝에는

　　흰 눈송이에 젖어 들던 담배가 있었고

　　포플러의 굵은 맨몸에 기대어 들던

　　까치 소리 시린 귀를 밝혔지

　　②

　　가슴을 빈틈없이 메우는

　　아침 풍경화가

　　뜨거운 눈길 명멸한 그 자리에

　　펼쳐질 때까지

　　금빛 묻어 싱싱하게 반짝이는

　　그대의 가슴이

안경알에 묻어 올 때까지

닻 내린 어선이 밤이슬을

말리기 시작할 때까지

밤새 그대의 가슴을

역력히 읽고 가는

젊은 친구

③

이제는 초하初夏의 들에서

아버지 팔 안으로 돌아올

질긴 꿈의 청보리야

너에게서는 아버지의 땀 내음이 난다

①은 고된 훈련소 시절, 겨울 하늘을 찌를 듯 "우리들의
목소리를/ 하늘 높이 감아올리던/ 훈련소의 포플러나무들"
곁에서 전우애를 익혀 가던 때의 풍경을 회상한 「훈련소의
포플러나무」의 부분이다. 고된 훈련 사이 짧은 휴식 시간
의 차가운 손끝에는 흰 눈발에 젖어 들던 화랑 담배가 잠시
의 위로가 되고, 까치 소리는 시린 겨울날 한결 청량하게 들
려 마음의 고적함을 강화한다. 현재의 병영에서, 추운 겨울
지나 푸른 잎을 달게 될, 혹독했던 훈련소 시절의 아름드리

포플러나무들이 보고픈 것이다.

②는 「탐조병」 중의 일부이다. 어둠 속에서 멀리 살피기 위해 탐조등을 달고 적의 침투를 감시, 수색하는 탐조병은 고됨 속에서도 사명감으로 눈빛이 빛난다. 밤바다의 정황을 경계하는 탐조병은 새 아침이 밝아 오고, 풍경화 같은 정경과 바다가 아침 햇살을 받아 금빛으로 반짝이며 안경알에 비쳐 올 때까지, 그리고 출항 직전 어선들이 밤이슬을 말릴 때까지 밤을 새우며 바다의 가슴을 "역력히 읽고 가는/ 젊은 친구" 탐조병이 바다의 친구로 형용된 것이다. 시인은 탐조병의 임무 수행과 상황적 배경을 단단한 표현력으로 완결한 역량을 입증해 준다.

③은 「보리밭」의 일부로, 《전우신문》에 발표된 것이 1985년 6월이다. 6월이면 청보리가 한창이고, 곧 누렇게 익어갈 판이다. 아마도 병영 근처의 보리밭을 본 순간 고향의 오뉴월 풍경이 떠올랐을 것이다. 고향에 대한 그리움은 "아버지의 쟁기질"로 직결되고, 해마다 늦가을 쟁기질로 겨울 보리씨를 뿌리며 한 해의 꿈을 심으시던 아버지의 노동, 그 땀내음으로 가닿음을 이 시는 보여 준다. 이들 《전우신문》에 발표된 이기종의 시편들은 그의 시적 근력의 기초를 마련한 데에 그 의의가 있다 할 것이다. 문학 소년에서 청년 문학도로 성장해 온 그의 시 쓰기의 연마는 장년 시대와 예술대학원 수학의 도정을 거치며, 마침내 놀라운 절제미의 독자적 낙순수 서성 세계로의 도약을 이뤄 낸 것이다.

3

이기종의 시가 사상事象의 이면, 현상의 기미를 예리하고
적확하게, 그리고 자연스러운 어법으로 구현된 특색을 본
령으로 한다면, 「건빵에 난 두 구멍」에서 그 같은 시적 전략
은 폭발력을 발휘한다. 우선 제목이 지칭하는 건빵의 작은
두 구멍을 우리는 하나의 표상으로만 보고 지나쳤지, 그것
에 집중하지 않았다.

　　건빵에 난 두 구멍을 유심히 쳐다본다
　　모래알이 빠져나올 정도로 작은
　　두 구멍 중에 한 구멍에다 초점을 맞추려고
　　한쪽 눈을 감으면
　　내가 들여다볼 수 없었던 한쪽
　　저 작고 어두운 구멍 속으로도 저절로
　　내 따스운 콧숨이 흘러든다

　　내가 초점을 맞춘
　　뻥 뚫린 구멍 하나에서 눈을 떼지 못하고 있을 때
　　내 엄지에 눌린 옆 구멍이
　　내 손끝을 얼마나 간지럽히고 있는가
　　　　　　　　　　　　　—「건빵에 난 두 구멍」부분

군용 간식이나 비상식량으로 나온 건빵, 그 부드러운 직사각형 작은 건빵에 난 작디작은 두 구멍은 건빵 형태상의 고유한 표상으로 인식된다. 우선 모래알 하나가 빠져나가기나 할까 싶은 그 두 구멍에 집착한 화자의 상상력과 유별난 관심이 흥미롭기만 하다. 더욱이 화자는 그 작은 건빵의 한쪽 구멍에 눈을 갖다 대고 들여다보며 초점을 맞추려고 한쪽 눈을 감을 때, 다른 한쪽의 작고 어두운 구멍 속으로 흘러드는 자신의 콧숨을 느낀다고 하지 않는가. 이 기발한 관찰과 사유에 대해 우리는 결코 무심코 지나칠 수 없다. 그뿐이랴. 초점을 맞춘 미세 구멍 하나에서 눈을 떼지 못하고 있을 때, "내 엄지에 눌린 옆 구멍이/ 내 손끝을 얼마나 간지럽히고 있는가"라는 대목에서 경이로운 경지의 한 절정을 본다. 건빵이 오븐 속에서 구워질 때, 터지지 않게 하기 위한 숨구멍, 그 앙증스럽고 미세한 숨구멍은 '내 따스운 숨결'과 다르지 않은, 온전한 생명의 형식을 위한 것이다. 시인이 시의 끝에서 "저 작고 어두운 구멍 속으로 내 따스운 콧숨을 넣어 줘야/ 내가 먹을 수 있다"라고 한 것은 숨구멍의 동일성과 생명적 존재성을 강조한 것이나 다름없다.

　　이기종 시에서 주목되는 작품들은 소년 시절, 혹은 청년 시절의 기억이나 추억을 시로 재현한 것이다. 고향의 풍정風情, 어머니에 대한 기억, 독서와 글쓰기에 얽힌 일화 등의 형상적 작품들이 주류적 경향을 이루고 있다.

호박씨 묻던 밭두렁을 떠나지 못하시는 어머니

집으로 돌아올 자식들 눈에 띄도록
가으내
누우런 호박 한 덩이로 밭두렁에 앉으셨네
첫서리 내리고 사흘이 지나도록
거기 계시네

자식들 올 때까지 거두지 않으신 늙은 호박

움푹한 꼭지 둘레에 고였던 가을비 한 종지가
깊은 골을 타고 흐르다 말라
허연 꽃으로 피었네

          —「첫서리 내리고 사흘이 지나도록」 전문

  우리에게 어머니는 고향이다. 고향과 동일시되기 십상인 고향의 어머니는 봄날 "호박씨 묻던 밭두렁을 떠나지" 못하신다. 호박이 누렇게 익은 가을, 첫서리 내리고 사흘이 지나도록 늙은 호박을 거두지 않고 그 밭두렁에 나가 계시던 어머니다. "집으로 돌아올 자식들 눈에 띄도록" 가으내 호박 밭두렁에 나가 "누우런 호박 한 덩이로" 앉아 계신 어머니는 한국적 농촌 어머니의 표상이다. 이 작품의 마지막 연은 늙은 호박에 대한 현저한 사실적寫實的 표현이면서, 자식에 대한 어머니의 심층적 사랑과 진한 그리움을 예리하게 암시한다.

시인의 어머니에 대한 기억과 추억은 6·25 전쟁 이후 6, 70년대의 시골 풍경과 정서를 알뜰히 대변해 준다. "내가 느 아버지를/ 미워하지 않으려고 해도/ 자꾸 미워진다"로 시작되는 시「옥도정기」는 한 시대의 인습적 풍경을 실감으로 구현하여, 당시의 풍습을 공유하는 세대들에게 감동의 경험을 소환한다. 다산多産이 미덕이던 그 시절, 수컷인 아버지들은 으레 돌도 지나지 않은 어린것의 젖을 떼려고 어미의 젖꼭지에다 옥도정기를 발랐다. 불그레하게 색칠된 젖꼭지에 놀란 아기는 고개를 돌리고, 어머니의 젖은 불어 가슴이 아픈 지경에 이른다. 어머니가 아버지 몰래 젖에 묻은 옥도정기를 닦아 내고 젖을 물리면, 아기는 옥도정기 약의 쓴맛에 잠시 진저리를 친 뒤, 벌컥벌컥 젖을 넘긴다. 그 순간 시선을 통한 모자의 교감은 세상의 가장 순결하고 성스러운 풍경을 이룬다. 문제는 수컷의 본능이랄까 "세상에/ 자식을 더 두려고 그 짓을 했던/ 느 아버지"에 있다. 그것이 다산 시대의 논리일 수도 있지만, 그보다는 성적 욕망의 작동이 더 큰 이유였다고 봄이 옳을 것이다. 지금 생각하면 입가에 그리운 미소가 번질 뿐이다.

그런 어머니에 대한 또 다른 상징적 풍경이「밑줄」을 통해 잔잔히 물결쳐 온다.

어머니가 아직 덮지 못한

성경 책 위에 두 손을 얹고

눈 감으면

읽다 만 구절을 떠올리고 있는 듯

곱은 집게손가락이

연신 꿈틀거린다

—「밑줄」 부분

"늘 반은 곱아 있는/ 어머니의 오른손 집게손가락 끝이/ 성경 구절 밑에 머물 때마다/ 손등 혈관이 불거진다"라는 첫 부분에서 시적 담론의 의미는 적실히 함축되어 있다. 평생의 가사 노동으로 곱아 있는 어머니의 손가락, 성경 구절에 밑줄을 긋기에도 버거운 오른쪽 검지손가락의 어머니는 자식들을 위한 희생과 헌신으로 다 늙으셨다. 이 사모思母의 노래는 이기종 시인 혼자만의 것이 아니다. 고향과 어머니에 대한 추억의 시적 소환은 그 시대를 살아온 사람들의 보편적 기억이며 정서인 것이다.

내 어릴 적 축구공은

학교 잘 다녀왔냐고 꼬리를 흔들던

꿀꿀이가 죽으며 내어 준

오줌보 축구공

오줌보 끝에

마른 저릅때기를 끼워 입에 물고

후후 불어 대면 풍선처럼 만들어지던

오줌보 축구공

―「오줌보 축구공」 부분

　이기종 시인의 세밀한 관심과 기억은 시간에 묻혀 버릴
뻔한 별난 추억들을 환기하여 준다. 「오줌보 축구공」은 그
대표적 기억의 소환과 전경화前景化의 한 예라 할 수 있다.
6, 70년대의 시골 마을 너른 마당이나 공터 같은 데서 벌어
진 축구 게임에서 사용된 축구공은 대부분이 짚 축구공이었
고, 드물게는 돼지의 오줌보에 바람을 불어 넣어 풍선처럼
부풀린 돼지 오줌보 축구공이 있었는데 고급으로 대접받았
다. 시인은 오줌보 축구공 시절의 양상을 꼼꼼하게 묘사하
며, "학교 잘 다녀왔냐고 꼬리를 흔들던/ 꿀꿀이가 죽으며
내어 준" 오줌보 축구공이어서 씁쓸한 마음이 없지 않음을
함축적으로 드러낸다.
　유년기와 청소년기의 체험이나 고향에 대한 추억의 시적
형상화에 대하여 회고적 정서에 갇혀 있는 게 아니냐는 견해
도 예상해 볼 수 있다. 하지만, 기억과 추억에 대한 시적 재
현은 회고적 측면보다 시대의 담론적 재현이라는 면을 간과
해서는 안 된다. 추억은 살아온 날들의 축적이면서 살아갈
날들의 힘이며 희망이 된다. 나이 들면 추억으로 산다고들

한다. 생각하고 그리워할 추억이 없는 인생이 있다면 그 얼마나 불행한 일일 것인가. 그런 점에서 이기종 시인이 「G선상의 아리아」 「작문 선생님」 「책상 밑 금서禁書」 「오수 시간午睡時間과 폴 모리아」 「개털 오버」 「『먼 바다』를 샀던 날」 「무른 결」 「빈자리」 등등의 역작들이 그려 주는 시적 좌표는 현재의 살아 있는 실존적 기제로 작동하게 되는 것이다.

4

　문학이 일차적으로 기억의 산물이라는 사실을 잊고 있는 경우가 많다. 기억의 문학은 생동하는 역사적 경험의 기록이다. 화석 한 조각이 수십억 년 전의 생명현상을 온몸으로 증거하듯이, 기억의 문학은 한 시대의 정서적 풍경을 고스란히 되살려 현재적 사실로 구현해 낸다.

　첫 발령을 받은 여선생님이 편 이야기책들, 김유정, 나도향, 강신재, 오 헨리…… 그들의 작품을 낭랑한 목소리로 읽어 주시던 그 즐거운 작문 시간이 긴 월요일 수업이 끝나고 청소가 끝나고 종례가 끝나고 집으로 돌아가는 길, 학교에서 멀어질수록 선생님의 목소리가 자꾸만 뒤따라오고 있었네 멈춰서 뒤돌아보면 텅 빈 길, 산기슭에 진달래꽃만 방긋

방긋 웃고 있었네

—「작문 선생님」 부분

  6, 70년대를 시골 학교에서 보낸 이들의 그리움을 일거에 소환하여 들려주는 시인의 생생한 기억과 추억은 그 자체로 아름답고, 재현적 미학의 힘을 확인해 준다. 벽촌 진안의 한 시골 고등학교 시절, 1학년 봄 학기에 첫 발령을 받아 커다란 출석부와 작문 교과서, 그리고 직접 엮고 단장한 이야기책을 들고 교단에 오른 여선생님의 인기는 넉넉히 짐작이 가고도 남는다. 더욱이 고교생 때는 대다수가 문학 소년인 점을 감안하면, 그리고 특히 문학과 글쓰기에 매혹되어 있었던 이기종에게 그 여선생님은 실재하는 환상이었을 터이다. 시인은 그 선생님의 작문 칭찬에 그만 시인 되기의 운명에서 벗어나는 길을 잃어버리고 말았다. 그 운명의 선택이 그가 목회자의 길을 걸으면서도 시인의 길을 꿋꿋이 고집할 수 있었던 이유였을 것이다. 그 시절 작문 시간이 얼마나 행복하게 기다려지는 시간이었던지 인용한 부분에서 생생히 전해 온다. 문제는 그 정황적 사실의 전달에 있지 않고, 그 기억의 정황을 시 텍스트로서 완결한 시인의 기량과 순수시 정신에 있다는 사실이다.

  문학 소년 시절, 시인은 문학 책을 구입하거나 빌려 많은 독서를 한 것으로 나타난다. 심지어 그는, 그 같은 일은 흔히 있는 것이지만, 수업 시간에 금서禁書인 소설 『채털리 부인의 사랑』도 책상 밑으로 숨겨 읽는다. 긴장과 흥분 속에 금서를 읽어 갈 때, 물리 선생님에게 들키고 만다. 정학을 당할 위기에서 식은땀을 흘리던 그에게, 아마도 과거에 비슷한 경험을 했을 물리 선생님의 용인은 큰 요행이 아닐 수 없었겠다. 그 물리 선생은 독서가로『채털리 부인의 사랑』을 제자에게 해설해 주게 된 즐거움에 금서 따위는 문제가 되지 않았을 것이다. 그렇게 문학 책을 탐독하는 과정에 그는 소설가 이호철의 작품『소시민』을 읽다가 '개털 오버'라는 단어에 매료되어 친구와 함께 웃어 대던 그 겨울 "나는 어느덧 '개털 오버'를 입고 있었다"고 술회함으로써 작자와의 동일화한 자신을 드러낸다. 시인은 이호철 소설『소시민』을 통해 소설가 이호철의 문장과 피난 시절의 허름한 삶, 그리고 책의 앞장에 놓인, 단비 내리는 날 우산을 받쳐 들고 산책 나온 작가의 사진을 기억하며 소년기의 행복했던 독서 생활을 한 편의 시로 승화시켜 독자들을 흡입한다.

『『먼 바다』를 샀던 날』에서도 비슷한 느낌의 경험을 구사한 대목이 있다. 눈물의 시인 박용래의 시 전집『먼 바다』를 홍지서림에서 샀던 날은 비가 내려 우산을 쓰고도 굵은 빗방울을 다 피할 수는 없어, 박용래 시인의 시집을 끼고 박용래 시인인 양 여기며 풍년제과점 차양 밑에서 소나기가 지나가기를 기다렸다는 것이다. 문학 소년 시절 선호하던 문학인이 독서 심리상 동일화의 대상이 되는 것은 흔한 일이다. 자식의 시를 눈 비비며 읽으시는 첫 번째 독자인 어머니와 시 쓰기를 격려해 주신 아버지, 고교 시절의 작문 선생과 물리 선생의 칭찬, 그리고 독서 경험에 힘입어 이기 좋은 타고난 재능을 고무하며 시인의 꿈을 이뤄 낸 것이다.

> 팔걸이에 걸쳐질 만큼
> 두툼해진 반쪽이
> 나머지 반쪽으로 이어져
> 완독完讀하는 기쁨이 있기를
>
> 뒤표지를 덮어
> 오른손 바닥을 얹는 날
> 차 마시러 오겠습니다
>
> ―「빈자리」 부분

시는 여백과 여운의 문학이라는 것을 시인은 여러 작품에서 보여 준다. 화자는 어느 날 가끔 들르는 가게를 찾았으나 의자 팔걸이에 읽던 책을 걸쳐 놓고 가게 주인은 어디를 갔는지 자리를 비워 놓았다. 화자는 "이야기가 푹신하게 내려 앉은/ 평퍼짐한 빈자리를/ 물끄러미" 쳐다본 뒤, "읽다 만 이야기를 떠올리며/ 가게로 돌아오고 있을/ 미소 띤 (주인의) 얼굴을" 상상해 본다. 그러고는 "멀리 가셨군요/ 당신을 기다리다 갑니다" 하며 간단한 메모를 남겨 놓는다. 그 메모의 멋진 대목이 인용해 보인 부분이다. 운치와 여운이 시의 빈자리를 절묘하게 완성한다. 이와 함께 시의 결곡한 영역을 짚어 낸 시 「무른 결」도 빈틈의 미학을 부족함이 없이 결속하여 보여 준 경우이다. 들마루 바닥에 망치질로 못을 박기란 쉬운 일이 아니다. 마룻바닥이 갈라지지 않게 돌 같은 나뭇결을 빗겨 간 못 박기 망치질은 못 끝으로 무른 결을 골라 실행해야 하는 난제이다. 숨결을 고르며 마무리한 망치질의 마지막 연이 압도적이다.

> 망치질에 굽히지 않으며
> 떵떵거리다 멈춘
> 둔탁한 음표들이
> 송판의 무른 결에
> 꼬옥 안겨 있다

—「무른 결」부분

시인의 여백미와 변두리 의식은 「길 가운데 사람」에서 언제나 중심을 차지하려는 사람을 향해 풍자적 논리로 재단한다. 뻣뻣이 고개를 들고 길 가운데로만 걸으려는 사람은 길가의 아름다운 꽃잎 하나도 만져 볼 수 없고, 변방의 낮은 풀 한 포기와 입 맞춰 볼 수도 없다. 그 교만하고 경직된 자세의 인간은 머지않아 내쳐지고 무너지는 게 역사의 가르침

이었다. 시인은 변두리 길섶의 아름다운 풀꽃과 삶의 이치
가 중심에 서려는 사람은 결코 만나 보거나 터득할 수 없는
것임을 우회적으로 시사示唆한 것이다.

「팽팽한 궁리들」「무일푼」은 서정적 사유의 한 진경을 보
여준다. 「팽팽한 궁리들」에서 시인은 "길바닥에 뒹구는 노
끈 하나도/ 처음과 끝을 짚어 줄 때/ 구겨진 몸을 풀었다"와
같이 사물들의 팽팽한 궁리를 수습하여 노래한 다음,

　　눈보라 일어 처마 밑으로
　　새들이 날아드는 저녁

　　기타 줄은
　　저들의 소리를 찾아 함께 떨고
　　명치끝 울림통엔
　　눈물 젖은 음계들이 가득했다

　　　　　　　　　　　　　　　　　　—「팽팽한 궁리들」 부분

　　같은 표현 미학의 명편을 얻어 낸 것이다. 이 순수하고 아
름다운 서정의 시적 경지는 사유의 치밀성과 융합되어 비범
한 형상 미학의 한 전범典範을 보여 준다. 시 「무일푼」의 "눈
송이를 받아 보려고 두 손을 내밀었더니/ 하늘이 눈송이를
헤치고 나를 쳐다보는 듯/ 눈발이 흩어지고 갈라집니다" 같

은 명문 다음, 화자는 함박눈을 보며 그대에게 보낼 '선물'
을 떠올리지만, 그러나 찬 손에는 무일푼, 하여 가난한 마
음은 풍경 속으로 들어간다. 풍경 속으로 들어간 화자는 자
연 사물과 대화하고 교감한다. 내가 사물을 일방적으로 보
는 게 아니라, 산수유 가지에 터질 듯 맺힌 꽃눈이 "눈송이
를 비집고 나를 쳐다"본다는 쌍방향의 교감이고 대화인 것
이다. 시인은 한 송이 한 송이 내리는 눈마저 끊임없이 "내
게 몸을 내어 주고 있음을" 본다. 그리고 마침내,

　　그대가 있는 쪽으로

　　발걸음 소리를 내어 보라고

　　자꾸만 함박눈이 쌓여 갑니다

　　　　　　　　　　　　　　　　　　―「무일푼」 부분

　라는, 실로 부러운 경지의 시정詩情에 상도한다. 시인의
그 넉넉한 상상력과 절제된 표현 미학에 나는 거듭거듭 감
탄하며 그의 시고들을 읽어 왔던 터였다. 이기종 시의 빼어
난 대목들을 일일이 언급할 수 없는 아쉬움과, 놓친 명편이
없지 않음을 털어놓으며, 끝으로 「오수 시간과 폴 모리아」
를 감상하며 마무리 짓기로 한다.
　70년대를 전후하여 세상을 풍미하였던 폴 모리아 악단
의 연주는 지금 역시 그 이름만 들어도, 그 아름답고 유장
한 선율이 혈관을 흐르는 혈류처럼 전신에 퍼지는 듯하다.

〈위대한 사랑〉〈별이 빛나는 밤에〉〈밤하늘의 트럼펫〉〈눈이 내리네〉〈샌프란시스코〉 등등의 선율은 음악을 별로 좋아하지 않는 사람들의 정서까지 휘어잡았었다. 프랑스 출생의 작곡가, 편곡가, 지휘자, 피아니스트였던 폴 모리아, 그 폴 모리아가 이끄는 악단이 1975년 첫 방한을 하여 명연주를 선사한 바도 있다.

이기종 시인은 학창 시절, 수업 시간의 졸음을 방지할 요량으로 학교 방송실에서 점심 식사 후 들려주던 폴 모리아 악단의 연주에 얽힌 추억의 사연을, 폴 모리아의 연주만큼이나 유장하고 섬세하게, 이를테면 "이 곡을 들으며 창밖을 볼 때/ 김제 만경 넓은 들판 위로 날던 비행기가/ 바이올린 활처럼 내 가슴에 획을 그으며/ 먼 하늘로 사라지곤 했다/ 때때로 교실 창가에 앉은 참새가/ 피아노 건반을 두드리듯 폴싹거리면서 나를 쳐다보다/ 눈이 마주치면 얼른 사라지곤 했다" 같은 절묘한 상상력의 발현과 표현까지 겸비한 절창을 뽑아 낸 것이다. 이제 "까까머리 뒤통수 위에 나비가 내려앉듯 머물러 있었던/ 그 음률 섞인 바람이 그립다"라는 마지막 행의 묘미에 젖어 들며, 시「오수 시간과 폴 모리아」의 경이로움을 안아 들이기로 한다.

> 도시락을 먹은 후에는 모두 30분간
> 책상 위에 이마를 얹고 엎디어 눈을 붙이라는 것이었다
> 하지만 이 오수 시간이 되레 나를 잠 못 들게 했다

그 시간이 내게 폴 모리아를 알게 해 줬기 때문이다
동급생 디제이가 방송실에서
턴테이블 레코드판 위에 바늘을 올려놓으면
5초 정도 스피커에서 지글거리는 소리가 흘러나왔다
그게 잠을 청해 보라는 신호였다
잠시 후에,

〈위대한 사랑〉〈러브 이즈 블루〉〈나자리노〉

이런 곡들이 쟁쟁거리며 흘러나와 눌린
가슴을 덥혔다 식히며 졸음을 다 빼앗았다
나는 팔뚝 위에 얹은 머리를 좌우로 돌려 가며
양 귀를 열어 오묘한 오케스트라 연주를 즐겼다
여러 곡들이 흐른 순서를 기억하지 못하지만
분명 〈위대한 사랑〉은
내 마음을 두드려 여는 장중한 서곡이었다
이 곡을 들으며 창밖을 볼 때
김제 만경 넓은 들판 위로 날던 비행기가
바이올린 활처럼 내 가슴에 획을 그으며
먼 하늘로 사라지곤 했다
때때로 교실 창가에 앉은 참새가
피아노 건반을 두드리듯 폴싹거리면서 나를 쳐다보다

눈이 마주치면 얼른 사라지곤 했다

연일 가곡을 들려주던 디제이가

어느 날 폴 모리아 연주곡을 다시 골랐다

〈이사도라〉 〈소녀의 기도〉 〈로망스〉 〈버터플라이〉 〈에게

해의 진주〉

한 곡에서 한 곡으로 넘어가는 고요한 순간에

아 나는 아무도 모르게 한 이름을 불렀다

많은 급우들 중에서 자꾸만 혼자가 되어 가던

잠든 체하며 말똥말똥 깨어 있었던

그 오수 시간이 그립다

까까머리 뒤통수 위에 나비가 내려앉듯 머물러 있었던

그 음률 섞인 바람이 그립다

　　　　　　　　　　　　　　—「오수 시간과 폴 모리아」 부분

발 문

　이기종 목사의 첫 시집, 『건빵에 난 두 구멍』이 출간되었
다. 유년기부터 문학적 소양이 남달라 주위의 많은 격려를 받
아 왔으나 문단에 명함을 올린 것은 늦은 감이 있다. 그래서
늦깎이 시인의 첫 시집이다.

　이 시집에는 성장기와 성년이 되어 사회생활, 그리고 목
회자의 길을 걸어오면서 겪은 사소한 일상의 경험 세계를 사
실적으로 간명하게 스케치한 것이다. 이 중에 「풀벌레 소리」
「보리밭」 등 순연무구純然無垢한 서정시들은 이 시집의 품격
을 말해 주고 있다.

　목회자의 언어와 시인의 언어는 어떤 변별점이 있을까. 목
회자는 신의 영성과 그의 예언 등의 말씀을 대언하고 전파하
는 사명이라면 이기종 목사의 시들은 자신의 심상에 풀어 놓
은 일상생활의 그림이 아닐까.

　늦깎이 시인 이기종 목사님, 더욱 정진하시기를 바랍니다.

　　　　　　　　　　　　　　　　　　　　—박이도(시인)

천년의시인선

111